AF509133

MAISONS

DES
PAYS FROIDS,

OU

Distribution de Maison propre à garantir des Froids rigoureux de l'Hiver, & même des grandes Chaleurs de l'Eté.

Avec les moyens de l'échauffer au meilleur marché possible.

A PARIS,

Chez la veuve VALADE, Libraire-Imprimeur, rue des Noyers.

M. DCC. LXXXV.

AVERTISSEMENT.

Pendant la Guerre de 1740, j'eus occafion en Bohême & en Baviere, d'effuyer les plus grands froids, & de chercher les meilleurs moyens de s'en préferver. Ayant depuis ce tems beaucoup étudié cet objet, dans toutes les Cours d'Allemagne, & dans d'autres Pays, je perfectionnai ce Mémoire, & je vis bientôt qu'il falloit principalement éviter l'air extérieur dont la variation, dans toutes les chambres & efcaliers, produit, à travers les portes, tous les courans d'air dangereux.

Ayant paffé une grande partie du rude hiver dont nous fortons, à Condé, je fis beaucoup d'expériences, & il fut généralement reconnu que le projet de Maifon, qu'on va voir, avoit des avantages réels; ce qui m'engagea à le foumettre au jugement de l'Académie, laquelle a trouvé que ce Mémoire pouvoit être utile; confidération qui doit paffer au deffus de tout, & qui me détermine à le livrer à l'impreffion, ainfi que l'approbation.

EXTRAIT des Regiftres de l'Académie Royale des Sciences.

Du 6 Mars 1784.

L'ACADÉMIE nous a chargé d'examiner un Mémoire de M. le Maréchal Duc DE CROŸ, intitulé, *Maifons des Pays froids*; nous allons lui en rendre compte. Dans ce Mémoire, M. le Maréchal DE CROŸ donne une defcription fort détaillée des Maifons des Pays froids, en y faifant quelques changemens avantageux. Le principe fur lequel eft fondée leur conftruction, confifte, 1°. à empêcher toute communication de l'extérieur avec l'intérieur, autant que le comporte la falubrité de l'air intérieur, qui, comme l'on fait, fe vicie à la longue, par la combuftion & par la refpiration. 2°. A établir une communication libre entre l'air des différens appartemens. 3°. A échauffer toute la maffe d'air intérieur, au moyen d'un grand poële placé au milieu de la Maifon, au pied du grand efcalier, & dont le tuyau, en s'élevant perpendiculairement jufqu'au toit, répand fa chaleur dans les différens étages : on obtient de cette maniere, dans toutes les parties de la Maifon, une chaleur douce & toujours égale; & au milieu des hivers les plus rigoureux, l'on n'a point à craindre les variations fubites de température, lorfqu'on fort d'un appartement, ni les maladies qu'elles occafionnent. M. le Maréchal DE CROŸ obferve encore que la même conftruction peut fervir à garantir de la grande chaleur des étés, puifque cette chaleur, ainfi que le froid des hivers, dans l'intérieur des Maifons, a pour caufe principale leur communication avec l'air extérieur.

Ce Mémoire nous paroît conforme aux principes d'une faine phyfique; il a d'ailleurs un objet d'utilité fenfible : ainfi nous croyons que, fous ce double rapport, il mérite l'approbation de l'Académie, & d'être imprimé fous fon Privilege, ou dans le Recueil des Savans étrangers. Au Louvre, ce 6 Mars 1784.

Je certifie le préfent extrait conforme à l'original & au jugement de l'Académie. A Paris, ce 9 Mars 1784.

Signé, le Marquis DE CONDORCET.

MAISONS

DES PAYS FROIDS,

OU

Distribution de Maison propre à garantir des Froids rigoureux de l'Hiver, & même des grandes Chaleurs de l'Été.

Avec les moyens de l'échauffer au meilleur marché possible.

Tous ceux qui reviennent d'Archangel, de Sibérie, de Pétersbourg, du nord de la Suede, & du Danemark, s'accordent à dire que l'induſtrie des Peuples qui habitent ces climats, y rend le froid ſupportable, au point qu'on ne s'en apperçoit preſque pas, & qu'ils en ſouffrent beaucoup plus étant revenus en France. Nous donnons ici le plan d'une bonne Maiſon bourgeoiſe de ce pays-là, bâtie ſur rue. Le détail qui va ſuivre en fera connoître les avantages.

Tout le monde ſait que le froid vif eſt principalement occaſionné par le vent. Souvent en Sibérie le froid eſt à douze & quinze degrés, ſansque le vent ſe faſſe ſentir. Mais, comme on eſt

A

vêtu & logé à proportion, il est alors si peu sensible, que c'est le beau tems du pays qu'on desire, & qu'on attend pour voyager. Quand le vent souffle, le froid est d'une rigueur insupportable; & c'est alors qu'on sent l'avantage d'une bonne distribution de Maison.

L'expérience & l'industrie ont donc appris aux Habitans à disposer leurs Maisons & leurs habillemens d'une maniere analogue au climat. Je ferai connoître quelques-uns de leurs usages les plus commodes; & sans m'astreindre à les copier, je développerai dans le Plan, les idées que je crois bonnes pour tirer avantage de ce que je propose.

On sait que le Peuple en Russie porte, avec une longue barbe, une espece d'habit de Capucin, & des bottes fourrées impénétrables au froid.

Chez nous les précautions se réduisent, dans les tems les plus rigoureux, à prendre avec des bas de soie, un chapeau & une redingotte. Dans ce pays-là, chacun, dès qu'il sort, prend un habillement complet, que le froid ne puisse pénétrer, & qu'on a grand soin de quitter dès qu'on rentre dans un air chaud.

L'emplacement qui se trouve au bas de la cage de l'escalier, & le sallon d'en-haut, dont je parlerai dans la suite, sont garnis de bancs, au-dessous desquels chacun a sa place d'usage, pour déposer ses bottes fourrées, que l'on porte très-hautes, comme les Matelots. Au dessus est un porte-manteau, où l'on suspend son vitchouras & son capuchon auquel est attaché un masque pluché en dedans. Quand on sort, on se régle, pour la quantité des vêtemens, sur le tems & les différentes circonstances. On a soin, en rentrant, de ne les quitter que lorsque la chaleur du poële commence à exciter la transpiration.

Avec ces fages précautions, on ne s'apperçoit du froid, ni au dehors, ni dans l'intérieur des Maifons.

Les Maifons font conftruites dans le même deffein, de la maniere la plus parfaite, pour que jamais l'air extérieur n'y pénetre, & qu'au meilleur marché poffible elles fe trouvent échauffées dans toute leur étendue, au degré de la chambre de fanté, avec cette différence néanmoins, que le milieu eft un peu plus chaud, & que les parties éloignées du milieu, font tant-foit-peu au deffous de ce degré; au moyen de ce procédé que l'on fuit toujours dans la proportion de la température extérieure, on fait regner dans tout l'intérieur, pendant tout l'hiver, une chaleur égale & douce, dans laquelle les orangers pourroient vivre.

Au deffus de l'entrée (& il eft à obferver qu'il n'y en a jamais qu'une) s'éleve en faillie un grand auvent de fer blanc foutenu par trois barres de fer, pour éloigner la neige. Il y a au deffous, pour le même effet, une grande marche de huit pouces de hauteur; les caroffes joignent tout contre, & de la portiere on enjambe fur la marche.

Le grand art eft d'intercepter toute communication avec l'air extérieur, & d'échauffer par un ou plufieurs poëles, des tuyaux defquels on tire le meilleur parti poffible, de façon que pas un des atômes de chaleur que peuvent fournir un poële & fes tuyaux parfaits, ne foit perdu. Les contours qu'on donne pour cela en Suede aux tuyaux de poële, méritent d'être étudiés : c'eft un chef-d'œuvre.

Il en réfulte que la chaleur étant entretenue nuit & jour au dégré néceffaire, une très-petite quantité de feu fuffit.

Dans certaines parties de la Suede le bois eft à bon marché, & dans la plus grande partie du Nord, on fe procure à très-bon compte des boulettes & briquettes de charbon de terre, mêlées d'argile tamifée, & fur-tout des boulettes & briquettes de tourbe, de terre alumineufe & autres qu'on tire, tant du pays, que du retour des vaiffeaux de Hollande.

Ainfi les poëles font échauffés prefque fans dépenfe, & on fait que c'eft dans le Nord qu'on les fait en perfection, tant en fonte de Suede, qu'en terre.

On peut comparer les défauts multipliés de nos Maifons, avec le Plan ci-joint. C'eft l'air extérieur qui introduit le froid en hiver, & la chaleur en été... & nos Maifons font garnies de cours, de corridors & d'efcaliers qui y communiquent en plein. Rien ne ferme; le veftibule & l'efcalier font comme en plein air, & refroidiffent toute la Maifon. D'une chambre très-échauffée en hiver, ou fraîche en été, pour aller à celle qui lui correfpond, il faut paffer par des endroits de communication, froids l'hiver, & brûlans l'été. Nous allons fournir les moyens de faire la comparaifon.

Après quelques explications préliminaires, je donnerai le Plan d'une bonne Maifon bourgeoife des Pays froids, diftribuée felon mes idées. Je développerai les avantages de ce Plan, pour rendre une Maifon de cette efpece, inacceffible au froid, dans les pays où il eft le plus rigoureux, & pour l'échauffer même à beaucoup meilleur marché que dans les climats tempérés où on ne fait pas prendre les mêmes précautions.

On comprend aifément que le nombre des poëles fe regle fur l'étendue de la Maifon, & les facultés de ceux qui l'habitent. Avec trois ou fix, les plus vaftes Maifons peuvent être à l'abri du froid. Celle dont je donne le Plan, eft de cinq ou fix chambres, pour loger toute une famille, ou plufieurs maîtres. Les moindres Maifons n'ont befoin que d'un petit poële trèstempéré, jamais trop chaud, qui n'a pas l'inconvénient des airs renfermés, à raison de fa circulation.

Dans ces fortes de Maifons , il eft bon de ne pas avoir de rideaux de lit, ou de ne les pas fermer, pour ne pas fe priver de l'air doux, égal, toujours circulant & gliffant le long des plafonds qui, pour cet effet, doivent être bien de niveau par-tout.

Pendant la nuit un feul réverbere à la coupole éclaireroit affez pour fc conduire.

La meilleure maniere d'orner l'intérieur de ces Maifons; feroit de faire tout en plaquenboure & moulures de plafonnage; fans y employer ni boiferie, ni lambris, dont le défaut eft de donner des vents-coulis, & de recéler les infeutes, les fouris, &c.

Avec un toit à l'Italienne, la Maifon feroit entiérement incombuftible, & on remédieroit à tous les inconvéniens.

M A I S O N.

Nous avons dit que le grand art étoit de fupprimer la communication avec l'air extérieur, & de tirer du poële le plus grand parti poffible : pour cela, il faut que la Maifon n'ait ni portes, ni cheminées. Il eft facile de prouver cette efpece de paradoxe.

Moyens d'éviter l'air extérieur.

Pour éviter l'air extérieur, le feul moyen eft de n'avoir qu'une entrée qui foit exactement fermée & défendue par un grand nombre de tambours & de portes à valet.

J'appelle portes à valet, des portes qui fe ferment d'elles-mêmes. Il faut que toutes les portes de cette efpece s'ouvrent en dehors ; afin que l'air extérieur les pouffe & les tienne fermées.

Pour qu'elles fe ferment d'elles-mêmes, on fait que la patte du gond inférieur doit être beaucoup plus longue que celle du gond fupérieur ; & c'eft cette facilité à fe fermer d'elles-mêmes, qui leur fait donner le nom de portes à valet.

La premiere porte de la rue, & même la feconde, doivent être en bois pour la fûreté. Toutes les autres des tambours peuvent n'être que des portes légeres matelaffées, fans ferrures, qui ferment bien, quand on a fu les bien fufpendre à valet, comme il a été dit ci-deffus. (1)

J'ai dit que la Maifon feroit fans portes ni cheminées. Toutes les portes dont je viens de parler n'appartiennent, au nombre de cinq ou fix, qu'aux tambours de l'entrée. On pourra fe paffer de toutes les autres en fermant les chambres avec des grilles garnies de fil fin d'archal à petites mailles, & un rideau de fept pieds de hauteur, qui fera placé en dedans à quatre pieds de diftance de la grille, & qu'on aura l'attention de ne fermer qu'au befoin.

Moyens de procurer la Chaleur.

Les cheminées étant fupprimées même dans les pays les

---

(1) Il faut, pour repouffer ces portes un peu au-delà de l'angle droit, un reffort ou une corde, pour empêcher les domeftiques de faire trop de bruit en les ouvrant, & les habituer à les ramener doucement à la main.

On met au coin de l'extrémité inférieure une efpece de menotte de cuir pour ouvrir fans peine avec le pied, en portant un plat de chaque main.

plus froids, ce qui eft un moyen d'épargne confidérable, toute la chaleur viendra du poële unique qui eft au centre de la Maifon, & dont le tuyau parfait échauffe tout.

Dans prefque toutes nos maifons, la partie la plus froide, parce qu'elle a fouvent communication avec l'air extérieur, eft l'efcalier, & c'eft là qu'aboutiffent toutes nos chambres ou anti-chambres. Il faut convenir que c'eft une faute groffiere.

Dans les Maifons des pays froids, bien entendues, c'eft tout le contraire : l'efcalier eft la partie la plus chaude, il eft au centre de la Maifon, & le poële y eft placé; chacun peut de la rampe de fer, fe chauffer les mains aux boules extérieures du tuyau de bronze qui s'éleve jufqu'au toit, échauffe la cage de l'efcalier dans toute fa hauteur, & par conféquent toute la Maifon.

Il en réfulte que cette partie étant la plus chaude, & toutes les chambres de la Maifon y aboutiffant plus ou moins, on n'a plus befoin de portes, & qu'au contraire ce n'eft qu'en les fupprimant, que toutes les parties de la Maifon peuvent être échauffées. Les petites grilles fuffifent pour la fermeture avec les rideaux du dedans, qui ne fervent que pour fe cacher au befoin. Il eft inutile de rien ajouter aux grandes portes d'en-bas qui ne font pas deftinées à fermer des appartemens.

On trouve à Verfailles de ces grands poëles & tuyaux de chaleur fans odeur. Si l'ufage s'en établiffoit, on les auroit à bon compte de Suede, par la facilité du commerce par mer, & par les rivieres & les canaux.

Avantages

Avantages de la Maison pour l'Été.

UNE Maison, telle que je le propose, auroit aussi l'avantage de procurer une fraîcheur très - agréable dans les plus grandes chaleurs.

C'est la communication de l'air dans les grandes chaleurs, qui échauffe nos appartemens; & on sait que pour éviter cet inconvénient, le meilleur moyen est de tout fermer. Mais plusieurs entrées étant toujours ouvertes, l'air chaud entre dans nos escaliers, & se communique par-tout.

Dans la maison que je propose, il faut de même dans les grandes chaleurs tout fermer pendant le jour, & sur-tout les portes des tambours qui interceptent la communication de l'air extérieur. On n'ouvriroit les fenêtres que le matin dans le tems le plus frais; puis on fermeroit tout, mettant en dehors des stores ou toiles mouillées du côté du soleil. Avec ces précautions on conserveroit par-tout, dans les Maisons en question, la fraîcheur que nous ne pouvons nous procurer dans nos mauvaises constructions. (1)

On ne peut jamais alléguer l'inconvénient de l'air renfermé, ni l'hiver ni l'été, à cause de la grande étendue de l'air communicatif du dedans, que l'on proportionne toute l'année au degré de la température; & au besoin, comme il y a des fenêtres des deux côtés, il suffiroit de les ouvrir un moment dans un tems doux; l'air circulant librement par-tout, seroit renouvellé sur le champ.

---

(1) Il est toujours bon, tant pour l'été que pour l'hiver, que les murs soient solides & épais, afin que la chaleur ni le froid ne les pénetrent.

B

EXPLICATION DU PLAN.

Voyez le Plan du rez-de-chauffée, feuille Ire.

Si on examine le Plan du rez-de-chauffée, on verra, 1°. que c'est une Maison sur rue avec une seule petite entrée extérieure. Toutes les portes de cette entrée ne doivent être que de six pieds & demi de haut; au lieu que toutes celles de l'intérieur seront de toute la hauteur de l'étage.

2°. Que cette entrée est uniquement destinée à fermer le passage à l'air extérieur, & à passer progressivement de cet air à celui du dedans; progression qui, malgré la différence prodigieuse de l'un à l'autre, rend le passage insensible & moins dangereux.

Sur la rue il y a une grande marche : la premiere porte s'ouvrant comme toutes les autres en dehors, se ferme exactement. Un premier tambour est terminé par une seconde porte qui se ferme également bien. Ensuite vient un passage.

De-là deux autres tambours avec trois portes légeres à valet, qui se ferment toujours bien d'elles-mêmes, & procurent le passage insensible d'un air à l'autre. Au moyen de ces trois portes, l'odeur de la cuisine ne se fait point sentir au dedans.

A la gauche des tambours, est une petite office; & à droite, à portée du grand poële, la serre des boulettes & briquettes pour l'échauffer.

A droite est aussi la cuisine avec son principal détail. On y met le bois dont la consommation est si peu considérable dans un pays où tout se fait dans ce genre, avec des fourneaux ou œils-de-bœufs.

En entrant dans la cage de l'escalier, on sent un air égal, tempéré au dégré qu'on veut, tant pour la fraîcheur, que pour la chaleur, & qui ne varie plus dans toute la Maison, par les précautions que l'on prend contre les vents-coulis, & tout ce qui peut enrhumer.

Cette égalité de température vient du grand poële placé au centre de cette maison qui est quarrée. On sait que ces poëles ne tirent que par une petite ouverture, & toute la masse d'air du dedans y fournissant suffisamment, l'air n'est pas attiré par les fenêtres, comme font nos cheminées. Ainsi l'équilibre d'air s'établit en dedans sur un grand espace.

Un grand escalier commode, avec des marches de cinq pouces & demi, éclairé au premier étage, mene à tout, & le grand tuyau du poële échauffe tout. Dans les Pays froids, le besoin a instruit & habitué les domestiques à bien conduire un poële; ils se partagent, de nuit comme de jour, le soin d'y entretenir un feu modéré toujours au même degré : car une boulette ou briquette de plus ou de moins, fait une différence sensible. On les met en pyramide dans une grille, & elles y durent très-long-tems. Il y a des thermometres par-tout, & par ce moyen on tient la chaleur égale, jour & nuit, au degré indiqué.

La cage de l'escalier est échauffée également du haut en bas. La chaleur se porte toujours vers le haut : mais comme celle du tuyau est moins forte à mesure qu'il s'éleve, & que le poële agit en bas de toute sa force, la chaleur est égale, & se répand dans toutes les chambres.

A la gauche de l'escalier est une chambre à coucher qui est ouverte jusqu'au plafond, pour recevoir toute la chaleur. Les garde-robes ont des rideaux de six pieds & demi, & leurs portes s'élevent de même jusqu'au plafond.

Sous l'escalier sont trois grandes ouvertures marquées A, par lefquelles la chaleur fe répand de trois côtés d'une maniere fenfible, à raifon de la proximité du poële, & jamais trop; ce poële, quoiqu'unique, étant toujours échauffé avec modération & uniformément.

La porte du milieu fous l'efcalier conduit à la falle à manger. A droite eft le fallon de cérémonie.

A gauche eft une chambre à coucher. Le tout eft ouvert & reçoit l'air de la température indiquée.

Delà plus de vents coulis, plus de cheminées qui attirent l'air extérieur, où l'on fe brûle d'un côté en fe gelant de l'autre, & où l'on gagne les rhumes & autres maladies par la vie ftagnante.

On agit par-tout dans la Maifon, parce qu'on eft comme dans un air doux & tempéré du dehors, & que rien n'oblige plus de refter continuellement auprès du feu. La fanté y gagne infiniment, & on ne s'apperçoit pas qu'on foit dans l'hiver.

On a le même avantage à tous les étages, & de plus, celui de jouir, comme on verra, d'un air parfumé, fi l'on veut.

On doit remarquer qu'en fe fervant de cette diftribution pour les Maifons des Artifans, ils peuvent travailler tout l'hiver fans reffentir le froid qui leur ôte la faculté de fe fervir de leurs mains, & qui leur vient principalement par les portes. On y gagneroit un ou deux mois d'ouvrage.

Plan du premier Étage.

Voyez le Plan du premier étage, IIe. feuille, CET étage a la même diftribution générale, à l'exception qu'on ajoute une chambre à coucher fur le fallon, & une fur la cuifine : car il faut fe rappeller qu'il ne s'agit ici que d'une bonne Maifon bourgeoife. On a en tout fix appartemens, deux au rez-de-chauſſée, & quatre au premier; & c'eſt aſſez pour une Maiſon de cette eſpece, & qui eſt échauffée par un ſeul poële.

La principale différence entre cet étage & le rez-de-chauſſée, eſt que le grand pallier du haut de l'eſcalier eſt ouvert & forme un grand ſallon commun, avec trois fenêtres ſur la rue, qui éclairent la cage de l'eſcalier du haut en bas.

Ce ſallon commun eſt jardiniſé; il eſt gai & commode pour la promenade, contenant, outre le pallier, tout l'eſpace des tambours du rez-de-chauſſée, & de tout ce qui eſt à côté, & ayant vue ſur la rue.

Ce grand eſpace reçoit la communication de l'air de toutes les autres parties, & eſt échauffé par le tuyau du poële qui traverſe la cage de l'eſcalier, & dont la chaleur ne ſe ralentit jamais.

Il eſt le rendez-vous & la promenade du matin. Cet exercice rend la vie plus active & moins renfermée, & empêche qu'on ne s'apperçoive de l'hiver. Souvent auſſi c'eſt là qu'on va prendre le thé.

Dans les autres tems, les domeſtiques peuvent s'y tenir, & ſont à portée de tout.

On le garnit de bancs en canapés, & d'arbuſtes en jolies caiſſes ou pots à fleurs, comme oranger, thym, réſéda & autres plantes & fleurs balſamiques, qui, comme on ſait, purifient l'air, & répandent une odeur douce dans toute la Maiſon.

Deuxieme Étage & Toit.

LE dernier étage toujours ouvert dans l'intérieur, & dont l'air communique de même avec tout le reſte, eſt un grand attique de onze pieds de haut, tout diftribué en petites chambres de domeftiques; ce qui donne beaucoup de logement.

Comme l'air & les exhalaifons vont toujours en montant, le tout fe purifie & va fe réunir dans la voûte ou coupole de l'efcalier, dans laquelle le tuyau du poële fait des finuofités pour achever de donner toute fa chaleur, après quoi il fort par l'iffue qu'on lui a pratiquée. (1)

Le toit peut être fimplement en deux feules grandes pentes des deux côtés, affez roides pour que la neige ne puiffe y féjourner en grande quantité; & alors on a un grenier, ou bien en terraffe à l'italienne & en jardin.

Tant qu'il n'y a que deux ou trois pieds de neige, comme ce poids appuie également, & que tout eft d'une conftruction folide, il n'en réfulte aucun mal; & au contraire, le haut de la Maifon n'en eft que plus chaud, car la neige, quand il gele fort, échauffe ce qu'elle couvre.

La terraffe n'étant entourée que d'une baluftrade de fer à larges intervalles de barreaux & dont le fond eft de niveau, fans rebords, le moindre vent balaye la neige, & la jette dehors. S'il en refte trop, ce n'eft pas un grand travail de la jetter dans des pays où on a l'habitude de la balayer & enlever fans ceffe.

---

(1) Quant à la diftribution de cet attique, on comprend aifément qu'en continuant l'efcalier marqué au Plan du premier étage, on arrive à un corridor à garde-fou de fer, qui mene à toutes les chambres, & fait galerie tout autour de l'efcalier, dont la cage lui communique fa chaleur, ainfi qu'à toutes les chambres de domeftiques.

Il arrive de-là que les domeftiques, en fortant de fe brûler en bas, ne vont pas fe coucher dans des chambres glaciales.

échauffer plus également & conftamment toutes les parties de l'intérieur.

Enfin, on voit qu'on a principalement envifagé les Pays les plus froids, où le bois manque, & il eft à craindre qu'il ne manque à la fin par - tout.

On a choifi pour modele une Maifon pour l'état mitoyen. Si l'on vouloit dans ce genre une grande & belle Maifon, on fent la facilité d'en venir à bout en la triplant prefque, c'eft-à-dire en ajoutant aux deux côtés, un corps de bâtiment femblable au premier, & toujours avec une feule entrée pareille en tambours. On mettroit un poële à chaque efcalier & quelques-uns dans l'épaiffeur des murs du haut en bas, comme on le fait fi bien dans les Palais d'Allemagne. (1)

---

(1) J'ai vu entr'autres dans la fuperbe enfilade de l'appartement de l'Evêque de Salzbourg, un chef-d'œuvre en ce genre. C'étoit à Noël : on ne voyoit au dehors que neige & torrens glacés, & dans cette enfilade, tout étant ouvert & fans qu'on apperçût ni cheminée, ni poële, excepté le grand poële de l'entrée, (tous les autres étant de toute leur hauteur, dans l'épaiffeur des murs, & échauffant fans relâche, mais modérément) on refpiroit une chaleur douce & charmante par l'odeur des fleurs qu'on y voyoit croître.

L'appartement de l'orangerie à Caffel a les mêmes avantages & le même agrément.

FIN.

Feuille 2.

Balcon

Galerie

Sallon

Jardin

La Rue

6 12 24 30 48 60 Pieds

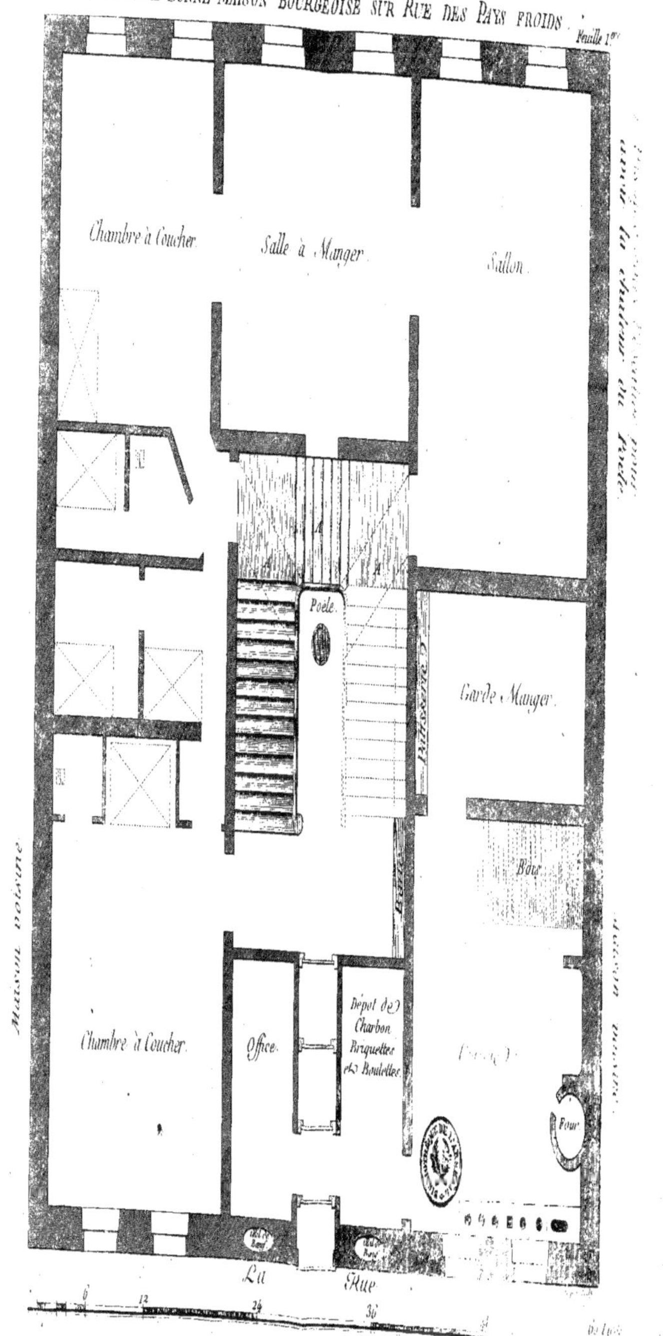

PLAN D'UNE BONNE MAISON BOURGEOISE SUR RUE DES PAYS FROIDS.
Feuille 1er
Chambre à Coucher.
Salle à Manger.
Salon.
Poële.
Garde Manger.
Bois.
Chambre à Coucher.
Office.
Dépot de Charbon Briquettes et Boulettes.
Four.
Maison voisine.
La Rue.